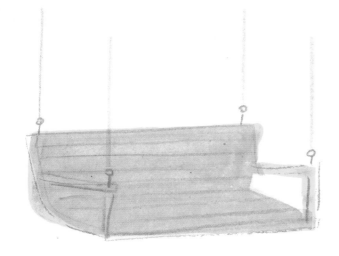

South Park

MAR 10 2022

Branch

En este banco

Meghan, la Duquesa de Sussex

Ilustraciones de Christian Robinson

Traducido por Yanitzia Canetti

Random House 🏠 New York

Derechos reservados © 2021 por Peca Publishing, LLC.

Todos los derechos reservados. Publicado en Estados Unidos por Random House Children's Books,
una división de Penguin Random House LLC, Nueva York.

Random House y el colofón son marcas registradas de Penguin Random House LLC.

¡Visítanos en nuestro sitio en la red!
rhcbooks.com

Educadores y bibliotecarios, para acceder a una variedad de recursos de enseñanza, visítenos en RHTeachersLibrarians.com

Catálogo de la Biblioteca del Congreso – Datos de publicación disponibles a petición.
ISBN 978-0-593-48724-2 (trade) — ISBN 978-0-593-48725-9 (ebook)

El artista utilizó pintura en acrílico, lápiz de color y un poco de manipulación digital para crear las ilustraciones de este libro.
El texto de este libro ha utilizado la tipografía Jazmin de 17 puntos. Diseño interior de Martha Rago y Christian Robinson.

IMPRESO EN LOS ESTADOS UNIDOS
10 9 8 7 6 5 4 3 2 1
Primera edición en español

Para el hombre y el niño
que hacen que el corazón me haga

Pum-pum

Este es tu banco,
donde comienza la vida
para ti y nuestro hijo,
nuestra familia querida.

Este es tu banco,
donde vivirás grandes alegrías.

Aquí descansarás y verás
crecer a nuestro hijo cada día.

Aprenderá a montar en bicicleta.
Con orgullo lo verás.

Correrá, se caerá,
pero no se detendrá.

Lo amarás.

Lo escucharás.

Serás su guía y protección.

Cuando todo parezca perdido,

lo ayudarás a hallar la solución.

Te sentarás en este banco
como su árbol generoso.

Quizás llore algunos días
en tu regazo amoroso.

Sentirá felicidad, tristeza
o el corazón destrozado.

Le dirás: "Yo te amo",
como siempre se ha expresado.

Este es tu banco,
para hijo y papá . . .

Para celebrar las alegrías
y victorias que tendrán.

Y desde la ventana
tendré lágrimas de gozo . . .

contemplando a Mi Amor
y a nuestro niño hermoso.

En ese mismo banco
al que llamarás hogar . . .

hijo y papá . . .

no estarán solos jamás.